文芸社セレクション

満ちる日々

寿果

JUKA

文芸社

目次

みちる　20歳

隆星《りゅうせい》が死んだ。
親友であり兄であり弟である、そんな存在の隆星が死んだ。
信号無視なうえにハイスピードで突っ込んできた車に轢《ひ》かれたのだった。

＊＊＊＊＊

隆星は、私たちが小学校五年生のときに、山村留学生として、一年間我が家で暮らしていた。都市部の児童が親元を離れ、自然豊かなところでいろんな体験をするという目的だ。

私の生まれ育ったところは関西の田舎で、山や川に囲まれ、華やかな場所はないけど、自然体験を通して学ぶというのには、うってつけの地域だった。一般家庭にホームステイし、その地域の学校にも通う生活。だから隆星とは、三六五日寝食を共にした、文字通り「家族」の認識だ。

通常、ホストファミリーをする家の子供と留学生は、同性にするらしいのだけど、女の子の留学生がいなかったこと、親がどうしても私にいろんな体験をさせたかったことから、双方の了承のもと、異性のホストファミリーとなったらしい。

そして私と隆星は、とってもうまくやれた。ケンカもしたけど、昔から一緒に暮らしていたかのように、本当のきょうだいみたいだった。

留学最終日に、東京の家に帰る隆星を家族とクラスメイトで見送ったときには、自分でもびっくりするほど別れが悲しくて号泣した。今でも、いや、時間がたつほどにその思い出の日々は、大切で貴重に感じる。

　その後は関西と関東で距離があったため、なかなか会う機会もなく、あっという間に日々は過ぎていった。数年ぶりの再会は、隆星と私の進学先が近かったことで実現。

　春　四月。それぞれ入学式を終えて、私たちは新生活に希望いっぱいの専門学校生と大学生になっていた。いざ会うとなると、子供の頃のように話せるか心配したけど、

「みちる」

　と、よく通る大きな声で呼ばれたときには、一瞬で高くそびえる緑の山々や、のんびりと軽トラが走る国道の光景の中にいる小学生の私に戻って、不思議と落ち着く感じがしたのを覚えている。

＊　＊　＊　＊　＊

気がつくと雨が降っていた。安っぽいアルミサッシのベランダの窓から、垂直に落ちる大量の雨が見えた。私は狭いアパートのワンルームで横になっていた。泣きすぎていつの間にか眠っていたらしい。

——心に穴があく——

というのは、こういうことを言うのだ、とよくよく思った。隆星が死んで、私の心は本当にぽっかり穴があいたようだった。

虚しい。この世で一番大切なものを失くして、胸のあたりを中心に体に大きな空洞ができてしまった。近しい人の死とは、こんなにも堪えるものなのか。

私に妹の面倒をみるように世話を焼いたかと思えば、姉に心配をかけるようにそそっかしくてかわいかった、隆星がいない。これ以上、この世に悲しいことなんてあるだろうか。このことに比べれば、他のどんな苦しいこともきっと大したことはない。そう思った。

重い体を起こしてスマホを横目で見ると、大学の友達のヒロから、メッセージがいくつか届いていた。心配してくれている。

『ありがとう。これから隆星の分までふたり分生きていかなあかんから、忙しいわ。』

と前向きな返事をしてみる。

ヒロは、私と隆星の関係を、きちんと理解してくれている数少ないひとりだ。ヒロをはじめ大学で知り合った友達に、私たちの関係を〈きょうだい〉と言ったら、苗字は違うし同い年だし、複雑な家庭環境なのかと勘違いされ、訂正するのが大変だった。山村留学の制度も一言で説明できないし、だから詳しく話す必要がないときや、説明が煩わしいときには、ただ〈友達〉と言うようにしていた。

なにより、恋愛関係にあると勘違いされることが多く、それは私にも隆星にもうんざりすることだった。こちらとしては仲のいい男女だからって、即恋愛に結びつけられるのは失礼だなと思うけど、なかなか男女の友情というものは理解してもらえないらしい。

＊　＊　＊　＊　＊

歌の勉強のため、音楽の専門学校に入った隆星も、経済学の大学に入学した私も、今回はじめての一人暮らしだけど、隆星は勝手知ったる街。昔とは反対に私があちこち案内してもらった。おかげで、近くに友達もまだいない当時、すごく心強かった。

なんでも隆星は、「律君《りつ》」と慕う六つか七つ年上の知り合いがダンスの講師をしているからという理由で、その学校を選んだらしい。

「律君は本当にすごいダンサーだから、本当はなれなれしく年下の俺が話していい人ちゃうねん。」

私と話していると、徐々に関西弁にひっぱられるみたいだ。

「高校のときにたまたま知り合って、なんつーかダンスもだけど、考え方とか生き方が本当にカッコよくて、俺は律君についていきたいなと思ってん。」

〝ひまわりみたいな笑顔〟という言葉のお手本みたいに成長した隆星は、尊敬している人のことを誇らしそうに、時にマジメな顔をして教えてくれる。

「みちるにも今度、律君が踊るのを見てほしいなー。マジですごいから。胸の筋肉がボンボン動くんやで。」

今どきのボーカリストは、ダンスもできないといけないらしく、学校では「胸の筋肉がボンボン動く」その人のレッスンをできるだけ受けられるよう、カリキュラムを組んでいるそうだ。

＊　＊　＊　＊　＊

（こんな早くに、こんな身近な人のために着ることになるとは。）

私は夏用の喪服をクローゼットから出していた。一人暮らしをするにあたって念のためにと、大人のたしなみ的なアイテムは、いくつか母が用意してくれていたのだった。明日は両親も上京し、一緒にお通夜へ参列する。

（そうや。バイト先にお休みをもらう連絡せな。）

スマホってこんなに重たかったっけ。連絡することが、少し億劫《おっくう》に感じながら電話をかける。

「えっと、友達。友達なんだよね？　亡くなったのって。」

店長が、ほとんど口調は変えないけど、明らかに「身内じゃないのに」と言いたげな、迷惑そうな返事をした。

「はい、親友です。明日からお通夜なんかがあって、明日とあさっての勤務、お休みをいただきたいです。急ですみません。」

こっちとしても勝手は重々承知で言っている。けれど最後のお別れぐらい行かせてほしい。お世辞でも一言ぐらい、ご愁傷さま、とかなんか寄り添った言葉があってもいいんじゃないか。隆星はまだ二十歳だったんだぞ。世間ってそんなに冷たいのか。きょうだいが亡くなったと言えばよかった。

悲しみを分かち合える人が、今この瞬間にいないことへの孤独に打ち負かされそうで、半ば一方的に電話を切ってしまった。

＊＊＊＊＊

「それでな、今度隆星と彼女と、うちら四人でご飯でも、って話になってんけど。」

颯《そう》という彼氏ができたのは、入学後すぐ始めたバイト先で、二か月ほどした頃だった。おしゃれ家電販売店の中に併設されたカフェでバイトを始めた私は、家電売場のほうで接客をしている颯と知り合った。立ちふるまいがいつもスマートで、落ち着いた雰囲気が居心地よく、そういうところに私は惹かれていた。

おしゃれ家電なので、店内は落ち着いた木の什器でレイアウトされている。生活感を出さない、デザイン性の高い家電が素晴らしくおしゃれに並べられ、店内はいつも耳に心地いい音楽と、癒《いや》される香りで満たされていた。

そんなおしゃれ空間で、「プロバイダーが」とか「光回線が」とか言って、インターネット契約をやっている颯は、その手のことが全然わからない私からすると、場違いな言葉を並べているようでおかしい。

「あー、別にいいよ。」

バイトの上がる時間が二人同じだったこの日、近くで夕飯を一緒に食べながら、かねてより隆星と話題に出る食事会を提案してみた。

「来週の土曜の夜、隆星が学校の人らとライブするから見に来て、って。颯君とぜひ、って。そのあとに四人でご飯行けたら、って。」

「ライブ?」

「うん、隆星って歌やってるって言ったやろ? 三、四曲だけやけどライブするんやって。私もまだ聴いたことないから、一緒に行ってほしいねん。颯がその日、夜何も予定が入ってなければ。」

「あー、わかった。」

それ以上話題が膨らむわけでもなく、事務的にその話は終わった。リゾット単品でお腹いっぱいだと言う颯の前で、じゃがいものニョッキにパワーサラダとスープを食べていた私は、デザートまで食べたいなんて言えなかった。


土曜のライブ当日。驚いたことに隆星にはファンがいた。それもかなりの人数だ。あちこちから隆星を呼ぶ黄色い声があがっている。なんだか違う世界の人を目の前にしているようで本当にびっくりしたし、同い年が何かひとつのことを確立している姿が誇らしかった。

一曲目はブルーノ・マーズの『Just the Way You Are』のカバーだった。

私は胸が高鳴って爆発しそうだった。なんだか高くて大きいところへ連れて行ってくれているような、目の前が広がるような感覚。隆星は単純に歌がうまかったけど、それ以上に、心を温かくさせてくれるものがあって、その声は、私の琴線に触れていた。

そのあとはオリジナル曲もあって、楽しかった。感情の起伏が激しくない颯も楽しそうで、私は満足していた。


四人での初対面はおかしかった。

「颯君、お久しぶり。」

はじめましての挨拶で、片手を出しながら隆星は満面の笑みで——いつもだいたい満面の笑みだけど——おどけてそんな風に言った。

意表を突かれた颯はテンションを合わせられず、隆星に強引に握手させられ、そのままハグもされてしまった。その様子はすごく面白かった。この四人がこれからずっと親しくしていけるといいなと、大笑いしながら思った。

食事会兼ミニライブの打ち上げは、多国籍料理屋だった。ひとつ年上で、ひとり二十歳を迎えていた颯がビールを注文した以外、他の三人はペリエやノンアルのカクテルで乾杯した。

颯はやたらと私にくっついてきて、変な感じだ。友達の前でべたべたされるのは、恥ずかしさこの上ない。うまく肩やら腰やらに回される腕をそっと外しながら、揚げた巨大な白身魚と酢漬けの野菜を人数分に取り分けるのは難しかったし、チリコンカンの乗ったナチョスのなんと食べにくいことか。

（颯って人前ではこんな態度になるんや。）

隆星と彼女は高校の頃からのつきあいで、彼女はいずみちゃんといった。アパレルの仕事をしていて、目鼻立ちのくっきりした美人だ。一見不機嫌そうに見える彼女は、実は人見知りらしく、ほとんど目が合わない。颯も自分から場を盛り上げるタイプではないし、私も基本的には苦手だ。その三人分をカバーしてあり余るほど、隆星が人一倍声が大きく無駄に明るい。ミニライブとはいえ、一本ステージを終えてきたとは思えないほど、元気にしゃべりまくってくれる。いや、ライブ終わりでアドレナリンが出ているのか？

人見知りのいずみちゃんは、口数は少なかったけど、颯には年上だから敬語を使ってくれていた。そんなの気にしなくていいのにと私は思うけど、当の颯は何も言わない。反対に隆星は「お久しぶり」から一度も敬語を使わないし、それにも颯は何も言わない。実際どう思っているのか謎だけど、礼儀とか上下関係に少しばかり口うるさいタイプだから、あとから愚痴をこぼされるとめんどくさいなーと憂鬱になる。もう少しそういうところが柔軟になればいいのにと思う点が、数少ない彼氏への不満である。

どことなくずっとご機嫌ナナメな感じがするから、やっぱり隆星のタメ口が気に入らないのかもしれないけど、私は知らんぷりをしていた。

隆星のステージをまた見られるということで、ヒロを誘って隆星の専門学校の学園祭に来たのは、まだ暑さがしっかり残る九月の終わりだった。私もヒロも、普段は入れない他の学校に入れるだけで楽しくなっていた。

模擬店からクレープやたこ焼きなどの、いろんな食欲そそるにおいがする。入り口で配られた案内のパンフレットを見ると、屋内ステージでは一日中いろんなライブをやるみたいだった。私たちがのぞいたときは、全員おそろいの黒のハットをかぶり、黒のセットアップでコーディネートしたジャズバンドが演奏中だった。

他にも、ギターの製作作業体験とか、声優を目指しているであろう人達による朗読とかいろんな催し物があって、どこを見ても新鮮だった。

隆星からスマホにメッセージが届いた。

『みちる、着いた？　楽しんで。』

『ありがとう。ヒロと一緒にステージ楽しみにしてる。』

『トイレが混んでたら、五階が穴場。』

「ヒロ、隆星からトイレの穴場情報が。」

「気がきくじゃん。では、その情報に乗っかるとしよう。」

五階というのは、何も催しのないフロアだった。下のフロアとは違ってしんと静まりかえっていて、部外者が来ていいところなのか少し心配になったけど、確かに誰もいない穴場だった。

トイレの後、下のフロアへ戻る途中で、私は洗面台に指輪を置いてきたことに気づいた。手を洗うときに外して、そのままにしてしまったらしい。

「ヒロ、指輪忘れてきた。とってくるから先に行っといて。」

「一人で迷わない？」

「さすがに大丈夫。」

笑ってそう言ったのに、ヒロと別れて五階に着いたとたん、トイレの場所がわからなくなってしまった。

（さっきあったトイレマークが見当たらへん……）

私は方向音痴なのだ。ただ、こんな短い距離を迷うなんて自分でもあきれてしまう。とりあえずそれらしき扉を開けてみるか、と、どれも同じ造りにしか見えない白い扉のひとつを開けると、ベース音が爆音で飛び出してきた。

びっくりして固まった私の視界に、一人の男の人が踊っているのが映る。

やばい、間違った扉を開けてしまった、と思うのと、ファンクミュージックだ、カッコいい、と思ったのはほぼ同時だった。

その踊っている人は、腕や足や体のあちこちが波打つように動いたり、首や腰がくるくる回ったり、胸やいろんなパーツがぼんぼんと弾くように動いていた。

はじめて生で本格的なダンスを見たので、目が釘づけになった。指先の美しさに見惚れる。

突然その人が動きを止めて、こっちを見た。

目が合ったまま、数秒間がすぎる。

「生徒のくせに挨拶もできない子なのか、それとも学園祭を見にきた子ですか？」

話しかけられて我に返った私は、急だったので声が裏返ってしまった。

「あ、あ、すみません。トイレと間違って、迷ってしまって――学園祭に来ました。」

〝生徒のくせに挨拶もできない子なのか〟この人、もしかして……

「そうですか。トイレは後ろを振り向いて、右側ですね。」

さっきよりトゲトゲしい言い方が、いくらか柔らかくなっていた。思い切って尋ねてみようか。

「あの。」

「まだ何か。」

めんどくさそうに、食い気味な返答だ。相手を怖気づかせるのに、十分な空気を出している。でも言い出した手前、私も言葉をつなげないわけにいかない。

「あの、柴崎《しばさき》隆星に誘われて、今日、来ました。間違って開けてしまって、すみませんでした。」

「隆星？」

「はい、あの、律……先生ですか？」

さすがに初対面の年上の人に「律君」とは言えない。

「そうです。何アイツ、あいかわらず女にモテてんだな。俺の話までしてんの。」

（いや、だから隆星とはそういう関係ちゃうし。）

「隆星を見にきたなら、出番はまだ先だけど、いろいろ見ていってよ。」

「はい、ありがとうございます。」

そう言って私はその部屋を後にし、緊張とかダンスの迫力とかに胸がドキドキして、一気に下まで階段を下りて行った。

（律君って人、どことなく横柄で苦手や。ダンスはすごいんかもしらへんけど、私、多分合わん。）

模擬店のいい匂いでいっぱいのフロアまで下りると、ヒロを見つけた。フランクフルトをもぐもぐしている。

「遅かったじゃん。また迷ったのかと思ってフランクフルト食べちゃってたよ。アクセサリー、あった？」

指輪のことをすっかり忘れていた。


一時間後、隆星のステージが始まった。この日も『Just the Way You Are』から歌っていた。隆星のテーマ曲なのかもしれない。そしてまたファンの歓声がすごかった。女のコが大半を占めていて、隆星コールがあちこちから響く。ヒロも驚いていた。

「え、隆星ってこんなに人気あるの？　もうデビューできんじゃん。」

律君にレッスンされたであろうダンスも入れながら、数曲のパフォーマンスだった。ステージ上の隆星は、本当に楽しそうで表現力が豊かだ。今日もその歌声に私は感動した。

そして隆星のステージが終わると、周りがざわつき始め、人もいつのまにか更に増えていた。その中を隆星が汗を拭くのもほどほどに、私たちの横に来た。

ヒロを見て、

「久しぶりだね、来てくれてありがとう。えっと、真昼ちゃん……真夜中ちゃん……」

と大真面目に名前を間違える。

「いや、真尋《まひろ》ね。ヒロって呼んで。」

私の親友同士の漫才のネタみたいな挨拶もそこそこに、次はトリのステージで、特別パフォーマンスとして律君が踊るのだと、興奮した隆星が言った。

「律君が踊るのを、無料でなんて本来は見られない」そうだ。さっきまでとは比べ物にならない人の多さから、これを見るためだけにここに来た人達が多いのがわかる。

律君がステージに現れると、彼の名前を叫ぶ声があちこちから響きわたる。さっき防音扉の向こうで見た、ラフな格好のままだった。そして一瞬の静寂のあと、ファンクミュージックがかかり、律君のショーが始まった。

全身の筋肉がぼんぼん動くのは、ＨＩＴという技だと隆星が横で教えてくれる。胸だけではなく首とかすべての筋肉が弾けてみえた。ヒロが、自分と同じ人間なのか、関節の数が人より多いんじゃないのかと騒いでいる。私は、この人は体の大きさの割に、やっぱり指先の動きがしなやかで美しいなと思った。

十分ほどのショーが終わったあとは、隣の話し声も聞こえないほど大きい歓声で湧きたった。隆星は誇らしそうにニコニコしている。が、少しすると隆星自身がファンの子達に囲まれてしまい、私とヒロはその波に跳ね飛ばされてしまった。隆星に向かって「またねー」と叫んで帰ることにした。

そうやって友人関係や恋愛を楽しみながらも、大学のレポートの多さと、バイトとの両立に悪戦苦闘しながらあっという間に時間は過ぎていった。

私は二十歳になり、大学とバイトにも慣れてきた、東京での二回目の夏のある日、隆星は死んでしまった。

＊　＊　＊　＊　＊

お通夜は、若すぎる死を悼む人でいっぱいだった。

(隆星、見えてる？　こんなにも君は愛されてるんやで。)

私は関西から駆けつけた両親と一緒に参列した。私は隆星と再会したばかりの頃に、彼のご両親に会う機会があり、本人抜きでも何度か夕飯をごちそうになったことがあった。私が東京でさみしい思いをしていないか、一人暮らしで何か不自由は感じていないか、それはそれは気にかけてくれているのが伝わった。私と両親はお焼香が終わっても、お通夜が終わり大半の人が帰るまで会場に残っていた。隆星のご両親と話がしたかったから。

「まあ藤井《ふじい》さん。遠いところまでわざわざお越しくださって。」

お互いの親たちは、留学時代のやりとり——主にホストファミリーをしたことへのお礼と、その返事——はあったものの、会うのは初めてだった。それが出会って早々、旧知の間柄というか、身内を失った支え合うべき同じ家族という空気に包まれた。もちろん隆星のご両親の悲しみの深さは、私なんかと比べ物にはならないはずだけど、きっと、私たち『家族』にしかわからない、大事なものを奪われた行き場のない怒りや喪失感があり、今こうして一人一人がここにいるということだけで、それがかけがえのない大切なことのように思える刹那だった。

次の瞬間、私は軽い衝撃を受けた。いずみちゃんの姿が見えたのだ。親族側の立ち位置で。

見過ごされへん状況やんと思った。恋人という立場の強さを見せつけられた。最後の別れの一瞬まで、少しでも故人と濃くつながっていたいのは、生前の関係が深ければ誰もが思うことだろう。その権限を〝恋人〟は優先的に与えられるんだ。そんな当たり前のことを、自分は親友だ、きょうだいだ、関係性は深いんだと思っていても越えられない、ということを、実感して胸が詰まる。親族の中にいる光景は、そう思わせるものだった。

私の両親は、納骨のときにまた来ると言って帰阪し、私は翌日の葬儀にも一人参列した。

まもなく葬儀会場に着くというとき、なんとなくメッセージで颯に知らせると、予想もしない返事が来た。

『もう耐えられないよ。俺は隆星に勝てない。別れよう。』

「は？」

ちょ待ってちょ待って。耐えられない？　俺は隆星に勝てない？　何を言ってるんや？　え、私が隆星に恋愛感情があるとでも思っていたと？　男女の友情を信じられないと？　しかも亡くなった悲しみの処理も手についていない今このときに言う？　これから葬儀に出るところだぞ。本当は颯が人の死のショックに耐えられないだけではないのか？

一瞬、颯のことが心配になったけど、このタイミングで別れを切り出すような人は、信頼関係を築いていける相手ではないと思った。

隆星といずみちゃんと四人で食事に行ったときの無駄にスキンシップをとってきたのも、不機嫌そうだったのも、そもそも誘ったときの歯切れの悪さも、もしかしたらそういう理由だったのかもしれない。

心が濁流にのまれていく思いがした。こんなに重ねて試練って起きるものなのか。

『信じてくれない人とは一緒にいられないです。ばいばい。』

文面を二回読み返し、そして送信して会場に入った。

親友の葬儀と、彼氏との別れというとんでもない日になった。ただ、笑えることにこれだけでは終わらなかった。

葬儀が終わって帰ろうとしたとき、知らない女性達から声をかけられた。

「なんであなたがここにいるの？」

会った覚えもない人達からそんなことを言われ、面食らってしまう。

「よく隆星と一緒にいたよね？　隆星とどんな関係なの？」「ファンクラブにも入っていないと思うけど、昨日のお通夜もいて今日も来て、一体なんなの？」

ファンの子達か。けど何を言っているんだろう。日本語なのに言葉の意味がわからない。

「でしゃばって何様？」

あー、これは失礼なことを言われている、怒っていい事案だ、とやっと気づいた。息を吸ってから言った。

「友達やけど。
あんたらこそ何？　故人との関係に他人がとやかく言う資格あんの？　あーなるほど、嫉妬してんねんな。一緒に住んでたことある仲やから。私に詰めよるぐらいやから、まさか隆星の彼女にもいちゃもんつけたんやないやろな？　さすがにそんなことせえへんか。推しの大切な人を傷つけるなんて、さすがにせえへんか。」

言い始めると止まらなくなって、火に油を注ぐような言い方をしてしまった。

「なっ……！」「え、一緒に住んでたってどういうこと……？」

まくしたてられて勢いに負けた女のコ達。関西弁はこういうとき、言葉に強みを持たせられるから役に立つな、とどうでもいいことを思った。ふつふつと怒りのような熱いものが体の奥から湧き上がってきて、手も震えている。悔し涙が出そうだったので、急いでその場を後にした。

早歩きする私の足を、履き慣れない黒いパンプスが四方八方から痛めつける。

あのとき——いずみちゃんがお通夜の席で親族同様に動いていたとき、颯から信じてもらえていないとわかったとき、そして今、ファンからやっかまれて――私は隆星とつながりのあるどこにも属していない気持ちになった。自分がひとりぼっちに思えた。たとえ世間的な立場は恋人に勝てなくても、たとえ〝友達の一人〟でくくられても、実際は誰よりも強いと自負できる友情があるのに、それを誰にもわかってもらえない。知ってもらえない。まるで隆星と過ごした時間が、薄っぺらいものへと上書きされたようで悲しいんだ。世界に向かって叫びたかった。私と隆星のことを。二人と、そこに関係する愛すべき人達とに、確かに流れていた時間のことを。

痛い足のまま、ある場所へ向かった。隆星のアパートの屋上だ。そこは何度か二人で星が見える日にのぼったところだった。コンビニの飲み物片手に、なんてことのない話をとりとめなくしていた場所。この行き場のない孤独、悔しさ、言葉にできないむしゃくしゃした気持ちを抱えたまま、まっすぐ家に帰る気にはなれなかったから。

屋上の重い扉を開ける。そのあとは誰もいない、ベンチも何もない、ただのひらけた場所だけがあるはずだった。何の解決にもならないけど、そこで少し風にあたろうと思った。なのにそこには先客がいた。

先客は誰かが来たことに驚いて振りむいた。意外な人物だった。それは律君だったのだ。

「めずらしい。ここで誰かに会うなんて。」

「律先生。」

ちゃんと〝律君〟と言わないぐらい、秒速で冷静になった。

「俺、君がアイツの彼女なのかと思ってたけど、違うんだね。彼女は親族と一緒にいたね。」

「私は友達です。」

律君はじっと私の顔を見た。何を思っているのか読めない表情。少し間を置いてから律君は言った。

「アイツと友達ってことに、誇りを持ってるんだね。」

驚いて目を大きく開いたに違いない。もう無理だ。たまったものがあふれて泣きそうになるじゃないか。この人は、なんて心を救ってくれる言葉を言うんだろう。そう、私は本当は隆星と家族なんだと言いたい。でも正確には、ホストファミリーなのだ。だから一言で表すと〝友達〟としか言いようがないけど、血のつながった家族や恋人と同等のポジションだと思っている。そこをほんの少しでもわかってもらえた気がして、胸がきゅうっとなった。

と同時に、律君には私の知らない隆星との時間があって、この人はこの人だけの悲しみややり切れなさがきっとあるんだ、と思った。

どうか涙がこぼれませんように、と心の中で願っていたら、

「君、名前はなんていうの。」

と聞かれた。「みちるです。」と答えると、

「みちるはなんでここに来たの？　俺は隆星に時々ここでダンスを教えてたんだよね。」

いきなり呼び捨てにされたのに、不思議と嫌な感じはまったくなかった。自

然と人の心に入ってこられる人なんだ。防音扉の中で会ったときとは、全然印象が違う。

「音楽流しながらやってたから、周りのビルからうるさいって怒鳴られたこともあって、急いで逃げたりしてさ。」

そう笑いながら言って、自分のスマホから曲を流し始めた。ブルーノ・マーズの『Just the Way You Are』だった。優しいイントロが流れ、隆星が歌っていた姿が思い出される。

「みちるは何歳？　俺、今酒しか持ってなくて、飲む？」

ガサガサと律君は袋から缶酎ハイを一本くれた。見ると手すりの上には、飲みかけの酎ハイが置かれている。缶はまだ冷たかった。湿気の多いじめじめした中、レモン味の炭酸がのどをすべっていく。

「隆星は、小学生の頃、一年うちで生活してたんです。」

なんとなく言ってみた。悲しみとは正反対の、希望がいっぱいの歌が流れている。音楽は良くも悪くも人を感傷的にさせるんだ。

「聞いたことあるわ。みちるの家だったんだ。じゃあ、家族じゃん。」

〝家族じゃん〟

あー、この人は本当に、ほしい言葉を言ってくれる。気持ちのアップダウンがジェットコースターのように激しい。

「お葬式の直前、彼氏に振られました。いや、振ってやりました。」

「え?」

「りゅ、隆星の、ファンの子達からも、でしゃ、でしゃばって何様なの、って言われて……」

こらえきれず涙がこぼれてしまった。こういうとき困るのは、いったんこぼれてしまうと、止まらなくなることだ。

「びっくりさせて、ごめ、ごめんなさい。」

涙をぬぐって、酎ハイを二、三口飲んで、少し大きく呼吸する。しばらく二人とも無言になった。ブルーノ・マーズが流れていなかったら、沈黙に耐えられなかったかもしれない。口を開いたのは律君だった。

「みちるはそういう話を聞いてくれる、安心してなんでもさらけ出せるヤツはいるの？　友達でも家族でもどんな相手でもいいから、ちゃんと聞いてくれるヤツ。」

ヒロを思い浮かべて、コクリとうなずく。

「じゃあ、そいつに全部吐いちゃいな。そんでアイツとの思い出も全部聞いてもらいな。楽しかったことも、嫌だったことも、くだらねえ小せえ思い出も。溜めちゃダメだよ。そいつを頼って聞いてもらえばいいんだよ。

だけど頼るのと甘えるのは違うからね。どんだけ頼っても、悲しみに打ち勝つのは、最後は結局、自分にしかできねえから。それに…」

軽く息を吐いて、少し間を空けてから律君は続けた。

「この世界でやることが済んだから、アイツは次の世界へ行ったんだよ。それが交通事故でもね。やることを済ませたんだ。アイツは先に行ってるだけ。」

思いがけないアドバイスをしてくれたあとに、いじわるそうに笑って「なんか哲学チックなこと言ったねえ、俺。」とつけ足した。

　中途半端なぐさめでもない、こんなことを言える律君は、何か壮絶な体験でもしてきたのだろうか。

「俺、仕事があるから行くけど、一人で帰れる？　駅まで送ってやろうか？」

「え、これから授業ですか？」

「いや、今日は授業はないよ。俺、こう見えて結構名前の通ったダンサーなんで、いろいろお仕事があんの。」

「あ、すみません……。

　もうちょっとここにいます。一人で帰れるから大丈夫です。」

「でもここ屋上なんだよね。喪服の女のコ一人残すの、すんごい心配なんだけど。」

「あはは、絶対大丈夫です。隆星が悲しがるようなことはせえへんし、ついさっき彼氏を振った気丈な女ですから。」

「うん、関西弁でそう言われたら、大丈夫そうに思うわ。ほなまたー。」

おどけて言いながら、律君は歩き出した。

「あ、律君！　酎ハイごちそうさまでした！」

背中を向けたまま、片腕をあげて手をひらひらと振ってくれた。その影が扉の向こうへ消えた後に、〝律君〟と呼んでしまったことに気づいた。


一週間が過ぎ、二週間が過ぎた。隆星のいない日常が、当たり前のように過ぎていく。隆星からスマホにメッセージが入ってくることも、もちろんない。何かが、大きな何かが欠けたままの毎日は違和感があった。この苦しみが消える日は来るのか。でも消えてしまえば隆星のことを忘れたことにならないか。いや、私は忘れない。悲しみを乗り越えることと、忘れることは違うはずだ。

だけど涙が出てきて仕方ない。たとえば、朝起きて水を一杯飲んだとき、授業終わりに切れかけているトイレットペーパーを買いに行ったとき、課題のレポートを書き終えて夜一人でテレビを見ているとき、あの子はいないんだ、と考える。隆星がいたときだって、朝に水は飲んでいたし、トイレットペーパーも買いに行ったし、一人で夜にテレビも見ていたのに。

大学三年生の夏を迎えた颯は、就活に集中するためバイトを辞めた。表向きはそういう理由だったけど、本当はどうかわからない。私にはありがたかった。ふとしたときに情が起きないわけじゃないけど、終わったことだ。男女の友情は成り立つと、私は信じて疑わない。それを理解してもらえず、傷つけていたなら、私たちは一緒にいられないのだ。

もう一度、あの屋上へ行くことにした。今度は誰もいないだろう。悲しんでばかりは良くないとわかっていても、まだ乗り越え方がわからない。

重い扉を開けると、むっとした夏の風が頬にあたる。街中だから、晴れていてもたくさんの星は見えない。でも北斗七星はきれいに見えた。

それをじーっと見上げながら、さみしいなあ、と口にしてみた。つーっと涙の筋が流れる。そう言えば、ひとりごとでも、隆星がいなくなってそういう言葉を声に出したことはなかったかもしれない。

「さみしい。さみしいよ、隆星。」

さみしくてたまらない。ただただそれだけなんだ。さみしくて、悲しくて、つらい。泣き声は嗚咽に変わる。さみしさに飲み込まれてどうにかなりそうだ。

そのとき風が吹いた。

不思議なことに、優しくハグしてくれるような風で、体をぎゅっとされている感覚になった。

そして声が聞こえた。

「みちる、俺ここにいるよ。」

隆星の声だ。何をさみしがっているんだ、という口調で。思わず顔を上げてみたけど、姿は見えない。次の瞬間、

あ、隆星はずっと心の中にいる。

と、納得した。月並みな表現になってしまうけど、命の底からそう思えた。

友達だとか、何年一緒にいたとか、そんなことは大したことではない。誰が

知らなくても、私が二人の思い出を大切にしていればそれでいい。それでいいんだ。ずっと、心の中にいる。会えないのはさみしいことだけど、これからもつながっているんだ。そう思うと強くなれる気がした。次の世界で、本当にまた会えると確信した。誰も解けなかった難題を初めて解いた科学者のように、今度は感動で涙が流れた。

心の中があたたかさで満たされて、目の前の殺風景だった景色さえ、何か違うものに見える。

すると風は体を離れていき、声ももう聞こえない。

「心配して、最後に来てくれたんや。ありがとう。大丈夫。ありがとう。」

数週間前、ヒロにメッセージで送った『二人分生きていく』という言葉を、本気で誓う。

もう数分前までの私とは違っていた。

〝全部聞いてもらいな。楽しかったことも、嫌だったことも、溜めちゃダメだ。〟

帰り道、律君の言葉を思い出す。

〝だけど頼るのと甘えるのは違うからね。悲しみに打ち勝つのは、最後は結局、自分にしかできねえ。〟

家に着いて、玄関の扉を閉めてから電話をかけてみる。結構遅い時間になっていた。

(でも、溜めちゃダメだ。

今すぐこの決意を、悲しくても前に進もうと思うこの気持ちを、聞いてもらうんだ。)

すぐに相手は出てくれた。

「もしもし。すごいタイミング。何これ。あのさ……信じてもらえないと思うんだけど。」

電話越しのヒロは、なんだか歯切れが悪かった。

「ついさっき、隆星が来たよ。」

「え？」

「いや、来たっていうか、声が聞こえて。みちるのこと、よろしくな、て……。」

胸を矢で打ち抜かれたような衝撃が走る。それは間違いなく隆星だ。

「心配でヒロに伝言を託しに行ったな。」

笑う私にヒロは、

「そういうわけで、よろしくって頼まれたから、今から家行っていい？　つか、泊まっていい？　私明日、授業は午後からなんだよね。」

と、ヒロらしい元気な口調で言う。

「私、普通に朝からあるよ。でも二コマ目からやけど。」

「じゃ、決まりってことで。すぐ用意して行くねー。」

展開の早さに、「何これ。」と笑ってしまった。明るいヒロに救われる。

（ありがとう。）心でつぶやく。

颯との別れや、ファンの子達から言われたことは、笑い話のネタにできるくらい、今は明るい気分だ。

心にはいつも隆星がいる。ヒロもいる。それはなんて素晴らしいことなんだろうと思った。隆星の分まで、幸せに生きていくんだ。

YouTubeで音楽を流すと、『Just the Way You Are』が流れてきた。

みちる　25歳

例えば、入社間もない後輩が、不平不満ばかり言わず素直に仕事に取り組んでいれば、こんなにイライラしなかったのかもしれない。

例えば、さっきの電車の中でのカップルの態度があぁではなかったら、世の中みんな敵だらけのこんな気持ちにならなかったのかもしれない。

もしかしたら、ホルモンバランスが崩れてトゲトゲしい気分なのかもしれないし、低気圧のせいかもしれない。どれかひとつでもなければ、こうはならなかったかもしれないし、はたまたどれも原因ではないかもしれない。


ときどき私は、怒りで武装したかのようになることがある。何から何まで不機嫌なのだ。原因は、今日みたいにたいていは不明で、忘れた頃にそれはやって来る。何の前触れもなくこうして。

きっかけを一生懸命思い出そうとする。そしたら解決策が思いつくかもしれない。

午後一番で上司が言ったことがどうも腑に落ちない。全部正論。言っていることはすべて正しい。だけど納得がいかなかった。おまけに、そのとき目についた職場の隅の汚れに腹が立つ。なんでここ汚れてんねん。もうそこから今日はイライラすることのオンパレード。何かにつけ、文句しか言わない新入社員とか、あれとかそれとか。だけどそれがきっかけでもないような気もして、結果、わからない。

こうなったときの発散方法――そう、表現としては「発散」が一番近いと思う。「落ち着く方法」とか「リラックス方法」は少し違う感じ――は、これといって決まったものがないから毎回困る。

今、電車を降り、家までの道すがら思っていることは、たったひとつ。

キッチンの上のキャビネットに大事にしまってある、あの専用グラスを出して、そこに美しい琥珀色のウイスキーを注いで飲みたい。ロックアイスを一個だけ入れて飲もう。絶対そうする。もう絶対そうしたい。それがいい。そうと決めたら頭の中は、あのなめらかな味のことしか考えられなくなっていた。

自宅の前で、カバンから鍵がすぐに出てこなくても、もはやこれ以上イライラしないよう心を無にして、淡々と探しだし、扉を開ける。ウイスキーへと気持ちは逸っていても、ちゃんと靴をそろえる。

コンタクトを外し、メイクを落としてシャワーを浴びる。

冷蔵庫に眠っているボイルエビとモッツァレラチーズとグリーンレタスをちぎっただけのサラダを作り、ナスを唐辛子とオリーブオイルで炒めた簡単な夕食をテーブルへ運ぶ。

疲れた日は本当は食事を作る気力もないけど、すべてはこのあとのため。こんな日はきちんとしたい。今日一日がんばった私を励まし、いつもの私をとり戻させてくれるであろうウイスキーを、きちんとちゃんと迎えたい。

最後にキャビネットから、大事なウイスキー専用グラスを出す。私はウイスキー用にグラスを2つ持っていて、ハイボールにするとき用のタンブラーと、もう一つが底から飲み口にかけてほんの少し台形に広がったロックグラス。今夜は迷わずロックグラスを手にとる。

そしたら待ち焦がれたウイスキーの出番だ。がんばったとき、お祝いごとのとき、なにか特別なときにウイスキーを少し飲むことにしている。

私は瓶が未開封なことにテンションが上がった。頻繁に飲まないので、家にある残量を忘れていた。飲みかけではなく、新品を開封できる！　今日の私にはなんて素敵なご褒美だろう。栓を開けて初めて注ぐときの、グラスへ落ちていくあの音！　このときしか聞けない、かわいくて、深みがあって、ホラおいしいよ、と言わんばかりの、ご褒美としか言いようのない音。

これだけで気分がかなり明るくなった。急にすべてのツキが自分に回ってきたような気分になって、八〇年代ファンクミュージックをかける。ますますウキウキして、右手に氷を入れたグラス、左手にウイスキーの瓶を持って、テーブルまでステップを踏んだりする。

さあ、いよいよ開封の時だ。キリキリッと蓋を回す。蓋を外した瓶の口から香りを嗅いでみると、強い刺激の中に高級チョコレートのような香りがする。素敵。ニヤつかないわけがない。幸せな香りで脳も喜んでいる。

ロックグラスに瓶を傾ける。トクトクトク、と心地いい音。なんと落ち着くんだろう。もう次に注ぐときには聞けないのが、なんて惜しくてもったいないことか。同時にロックアイスは強ばり、ピキピキと音を立てた主張をする。

グラスの底でくらくら揺れる美しい液体。いただきます！

ヒリヒリとした、熱いような痛いような刺激が唇に当たる。次の瞬間、まろやかなとろみとなって舌に滑り込み、口の中いっぱいに、豊潤な甘みと香りが広がる。それはまるでこの世の至福を詰め込んだような濃いものだ。

思わず目をつぶり、その幸福感に浸る。喉の奥まで柔らかいおいしさは続き、胸のあたりはじんわりあたたかくなる。

「んあーーーー!!」

最高。ひかえめに言っても最高。この世にウイスキーを生み出してくれた最初の人に、ノーベル賞を贈りたい。

グラスの中では、氷の溶けだした部分が混ざり合おうと、くねくね琥珀の波の中をゆっくり泳ぐ。冷たいくせに私を甘やかしてくれるもの。


腕を通って指の先、足のつま先まで、ウイスキーがゆっくり、私の中を巡っている。体の隅々まで行き届いているのを感じると、突然、スッと心が明るくなった気がした。数秒前までの自分は一体なんだったんだ、と不思議になる。来た来た。不機嫌がいなくなった瞬間だ。イライラは消え、いつも通りの私に戻る。相変わらず原因もわからなければ、解決した要因もイマイチわからない。やれやれ。

ナスを口に入れて、塩加減と焼き加減に満足しながら、グラスを片手に立ち上がる。音楽に合わせて踊ってみる。だってこのプレイリストのタイトルはDancing in your living room だから、踊らないわけにいかないよね。

カーテンのすき間から空を見てみると、下弦の月が出ていた。ウイスキーと素敵な音楽と月。明日も晴れそう、と思いながら、また一口ウイスキーを飲んだ。

みちる　30歳

『中学を卒業して十五年。三十歳の節目に、懐かしく楽しいひと時を過ごしませんか。』

同窓会に出席するため、関西へ帰った。お盆の季節でもあるので、夫も一緒に私の実家へ。できる夫はこころよく、夜の同窓会に私を送り出してくれ、その間、両親と食事を共にしていてくれるのだ。

私は大学進学で東京へ出て、そのまま就職、結婚と関西へ戻ることがなかったから、地元の友人とは疎遠になっていた。それでもただ一人、幼なじみの藍《あい》子《こ》だけは定期的に連絡をとり、帰省のたびに会っている。

その藍子と同窓会前に待ち合わせ。会場は私達に縁のある駅前にあった。

私達の地元はいわゆるド田舎で、近所に商業施設などはなく、年頃になると、少し足を伸ばしたところにあるこの駅前で遊んだものだ。当時、この駅の周りは酒なのかタバコなのかゴミなのか、よくわからない臭いがしていたのと、人がものすごく多くて面食らっていた。夜はキラキラした灯りが宝石のようで、それらすべてが、少し〝大人の街〟に来た感じにさせていた。


「みちるーっ。」

聞き覚えのあるはずんだ声は藍子だ。手をふりながら、彼氏の車の助手席から降りてきた。藍子はバツ一で子供はいない。再婚には今のところ興味がないらしい。

年始に帰省して八か月ぶりの再会を喜び合ったあと、会場のレストランへ。

入り口で、

「あれ？　もしかして大ちゃん？　あーっさやか？　さやかやーん！」

と、にぎやかな藍子が同級生達と挨拶する。そしてそのたびに、

「みちるやで。覚えてる？　え？　キレイやろ？　手ぇ出したらあかんで。私と違って人妻やからな。あははは。」

など、キャラキャラ笑いながら、私を紹介していった。そしてそれは、ここから始まった。

全員に今日のハガキを出してくれたとおぼしき受付の子が、とまどいがちに言った。

「え、藤井さん？　わからんかった……。あ、今は結婚して苗字が変わってるか。ありがとう、遠くから。トーキョーから来てくれたんやろ？」

「ちょうどお盆も近いし。こちらこそ企画してくれてありがとう。」

答えたあとに私は「千葉な」とつけ加えて笑う。

東京ではなく、千葉在住だと記憶してもらえていない——東京方面《そっち》——疎遠になっていたからそんなもんか、と思っていると「大ちゃん」と「さやか」、他にも周りにいる数人が私を見ていることに気づいた。

〝藤井さんって、あの藤井さん？〟

確実にみんなの声が聞こえた。

そうだろうな、地味で子供っぽかった私と、ここに立っている人間が同一人物とは、とても思えないはずだ。女は大人になるにつれ変身する生き物だけど、私は大変身したから。

その上、いつも人の輪の中心にいた藍子と一緒に来たのだ。三年間一度も同じクラスにならなかった二人だから、意外性一〇〇％。よけいに注目を浴びている。

受付から中へ入って、ビュッフェ形式、お好きな席へどうぞスタイルでも、わざわざこちらへ人が寄ってくる。めずらしいものを見たような視線を注いで。

「藤井さんって今何してんの？」

「なんかキレイになったやん。」

「なんかオシャレやし。」

「なんかトーキョーの人って感じやし。」

「なんか昔と全然違うし。」

「なんか幸せそうやし。」

なんか、なんか、なんか、がしばらく終わらない。

隣で藍子も「みちるとは帰省するたびに飲む仲」と言ったもんだから、みんな驚きを隠せない――『みんな大好き藍子』の飲み友達!? ――こうして急に私は〝時の人〟となった。十五年の変化は大きいんだな、と他人事《ひとごと》みたいに思いながら、ジントニックを飲む。

そう、私は昔、地味で子供っぽかった。たくさんのコンプレックスを抱えている中学生だった。大きな顔。せまい額。細い目に低い鼻。いわゆるブスだった。おまけに、みんな制服のスカートの丈を短くするとか着崩していても、両親がとても厳格だった我が家は制服をアレンジするなんてできず、ダサかった。性格も藍子とは対照的で大人しく、友人関係も派手ではなかった。

「藤井さんのこと、ミチルチャンって呼んでいい？」

深いつきあいじゃなかった子達が、どんどん親しげに名前で呼んでくるのが違和感でしかない。自分の名前が呼ばれているのに、暗号のよう。大人になるって不思議なもんだ。

今日私が垢抜けた私じゃなかったら、同級生達の反応はどうだっただろうか？　昔のブスでダサいままだったら？　藍子と一緒にいてもここまで話しかけられた？　十五年の月日がたち、互いに大人になったとは言え、あまりにも急に距離をつめすぎだ。

コンプレックスいっぱいだった私は、メイクひとつで随分変わることを知って以来、必死に練習した。『第一印象で魅力を発揮する方法』みたいなセミナーにも何度か行った。エステにもかなり通ったし、鏡の前で何万回何十万回と、笑顔の練習もしてきた。自信がないから猫背で小さくなっていたけど、それは更に自信無さげに見えて美しくなくて、だから姿勢を正す努力もした。これが大変で、直るまで数年がかかった。

ここまで努力をしてきたのは、中学時代に散々からかわれたからだ。大きな顔。せまい額。細い目に低い鼻。最初のきっかけはせまい額だった。一生懸命前髪で隠しても、一度イジられるともう何をどうしたって逃げられない。数人の男の子からの軽いイジリは、すぐに多数の広い範囲へと広がった。愛のあるイジりではなく、平気で人を傷つける類のもの。（××とか、×××と言われたり。）

当時はそれに対するSOSの出し方がわからず、ひたすら耐えていた。三年間同じクラスにならなかった藍子は、このことを知らない。口にするのもツライから、私も言わなかった。好きな男の子にまで嫌われたときは、さすがに泣いた。

それが今日はなんだ。お酒も入るからか、男も女も話しかけてくる。一番私をからかっていた子達でさえ、「いつまでこっちにおるん？」「次帰ってきたとき飲もうよ。」「連絡先教えてよ。」「トーキョー行ったら案内してや。」――あの頃と手の平を返したような態度の違いに、もはや笑いがこみ上げる。こんな人達のせいで、あんなにも悩んでいたなんて——軽いめまいみたいなショックに陥りながらグラスを口に運ぶと、聞こえてきた声に中身を吹きこぼしそうになった。

「今度合コンしよや。」

そう言った男の子の顔は、幾分年をとっていても忘れはしない。私をイジリ始めた最初の子にして、最悪の子。

（この子のせいで、私はめっちゃ嫌な思いしてきたんや。

でも……）

人の中心にいるみたいなタイプで、この子が右と言えば、みんな右を向いた感じだったけど……

（ダサ！　どうしたどうした、あの頃の勢いみたいなもんがなくなってるし、ダサいおじさんになってるやんか。）

私は急にイヤーっと叫びたい気持ちになった。態度は昔のまま偉そうなのに、何かがすごくみすぼらしい。心の中でイヤーっと叫ぶ。

「みちる、どうしたん？」

藍子が声をかけてくれて、「あ、お酒のおかわりとってこようかな。」と言って席をたった。

あの頃の私の気持ちをこれっぽっちも知らないで、ぬけぬけと話しかけてくるなんて。人の心の変わりようは恐ろしい。

でもいじめっ子達と同じ土俵に立ちたくはないから、恨んだりはしない。それはコンプレックスを克服するために努力していた期間から思っていたことだ。恨んだり仕返しを考えても、きっと何も生まれない。そんなことをしてしまえば、あの子達と同じ低いレベルにいることになると思った。自分に負の感情が増すだけで、何の得にもならない。

(今〝キレイになった〟とあなた達が褒めている私は、服を脱いで化粧を落としたら、大きな顔、せまい額、細い目に低い鼻で、ブスのままなのよ。)

ハイボールを手に席に戻り、ローストビーフをつまみながらみんなとは違う理由で笑っていた。

ブスいじりされていたことだけを思い出すと同窓会なんて参加する気になれないけど、藍子以外にも仲良くしていた友達もいたし、まあまあ楽しかった思い出もあって、言ってみれば気まぐれで参加してみたようなもんだった。

私は周りの会話なんかほぼ右から左で、周りを観察しながら、昔から今へ、流れた時間のことを思っていた。

みんなそれぞれ結婚や離婚や再婚や、独身だったり子供がいたり、仕事で成功したり行きづまっていたり、今は笑ってお酒片手に話しているけど、きっと見えないところでいろいろあるだろうな、と。私のコンプレックスがどれだけ強かったか、誰もわからなかったのと同じで。

同窓会は先生がたの挨拶や、幹事からの懐かしエピソードを織り交ぜた話などがあり、最後に全員で記念撮影をしてお開きとなった。

夜の八時。二次会へ行こうとするグループ、子供がいるから帰る組、連絡先を交換し合う人達。私は夫と両親が待つ実家へ帰る。藍子も二次会には行かないと言う。側にいた子が声をかけてきた。

「ミチルチャン帰っちゃうん?」

「うん、夫を一人、私の実家へ置いてくるというかわいそうなことをしてるから。」

笑顔で答えると、一瞬場が冷めた感じがした。

〝ブスでダサかったあの子がキレイになって、トーキョーで優しい旦那までつかまえて、なんでそんな幸せになれたんよ。〟

そう顔に書いてあるように読めたのだけど、もしそうだったらなんだか怖い。

「優しい旦那で、幸せそうやなあ。」

ひとりの男の子が明るくそう言って、変な空気は元に戻った。学生時代、一度も私をからかったことのない男の子だった。私は容姿に関係なく、私という人間に声をかけてくれた気がしてうれしくなった。

外へ出ると藍子が言った。

「そんなに仲良くもなかった子らが、なれなれしくしてくることに笑えたわ。あれはいろんな経験を積んだ大人になったから親しくなれるやつと違《ちご》て、利害みたいなもんを感じて気持ち悪かったわ。」

今なんて言った？　驚いて思わず藍子の顔を見る。人気者も同じようなことを思っていたなんて。自然と二人で大笑いした。

「みちる、家まで送ろか？」

「ありがと。でも藍子と逆方向やから、大丈夫、久しぶりに懐かしいこっちの電車に乗りたいし。」

「そっか。今回はもうこれでバイバイかー。さみしいなー。次に帰ってくるときは、律君も一緒にゆっくり会おうな。」

　素直にさみしいと口にされると、恥ずかしいしうれしいし、胸がぶるぶるぶるする。幼なじみよ、君は今でもサイコーだ。

　離れたところで、「藤井さんの旦那って、○○とか□□の振り付けやってる人なん!?」と話す声が聞こえる。私はその子達に捕まる前に駅へと消えることにした。

「もしもし律君？　これから帰ります。」

　藍子と別れて、駅で電話をかけた。

「結構早かったね。もっと遅くなるかと思ってたよ。え？　みちるが今から帰ってくるそうですお義父さん、はい、迎えですよね？　今聞くところです、みちる迎えはどうすればいいかな？」

　電話越しに、夫が両親（主に父親）の酒の相手に苦戦している様子が、手にとるようにわかった。私抜きで、彼が両親とすごさないといけなくなることを、私が一番ハラハラ心配していた。ただ当の本人は私の両親とうまくやれるようで、同窓会のハガキを見て、今回のような帰省の方法を提案してくれたのは彼だった。

「律君、ひとりにさせてほんまごめんな、お父さんもう酔っぱらってるんやろ？　お父さんもお母さんも、律君のこと大好きやから。私は駅からタクシーで帰るつもりやけど、律君が大変なら迎えにカコつけて、出てくる？」

「俺は大丈夫なんだけど、」

律君の声の向こうから、母が「お父さん飲みすぎですよ。」とか「もうすぐみちるも帰ってくるんやから。」と父をなだめる声が聞こえる。

「お義父さん、みちるはタクシーで帰るみたいです。え？　もう今日はこれ以上踊れません、結構いい歳になりましたから、また明日で勘弁してください。」

もう二度と、夫を実家に置いてきぼりにしないと誓う。

さあ急いで「優しい旦那」の元へ帰ろう。両親の相手をしてくれた感謝を伝えよう。今日の話がゆっくりできるのは、千葉へ戻る飛行機の中になるかもしれない。藍子のこと。同級生の態度が違ったこと。いじめられている灰かぶり娘と、着飾ったシンデレラの中身は同じなのにね、と。

電車に乗るため、子供の頃に憧れた街の、駅の改札を抜ける。こんなに小さな駅だったっけ、と少しだけ後ろを振り返りながら。

みちる　35歳

二週間ぶりの東京は、日が長くなって気温も出発前よりぐんと上がっているように思えた。

（早く律君に会いたいな。）

乗継便で約二十時間。フランスから戻ったところで、すでに時差ボケなのか少し頭痛がする。私はヨーロッパの老舗メーカーの食器を輸入販売する会社に勤めていて、観光する時間は微塵もないタイトスケジュールの、買いつけの仕事に行っていた。風が吹けば飛んでいきそうな、細々とやっている会社だから仕方ない。疲労困憊で体は重く、留守にしていた間の家の様子が気になる。空港までは律君が車で迎えに来てくれていることになっていた。

背の高い律君はすぐに見つかった。一緒に行っていた同僚と「また明日」と言って別れ、律君の運転で帰路へ就く。

「留守中、何か変わったことはないですか。」

「なんもないよ。寝てていいからね。明日も仕事なんだっけ？」

「そう催事が始まるのよ。」

「誰かに任せて休みゃいいのに。フランスどうだった？」

「素敵やった！　でも貧乏な買いつけ出張やから、これっぽっちも観光できませんでした。」

私たちはケラケラ笑った。無事に仕事をひとつ終えて、家族のもとへ帰ってこられた安心感でいっぱいだった。――このときは何も知らずにいたから。

今日から都内の百貨店で、『ヨーロッパ展・アンティークとモダン』という催事が開かれる。うちの会社もいくつか出展させてもらうことになっていた。アンティーク商品も出品するのだけど、今回は『モダン』の枠組みで、うちが日本唯一の販売代理店となっているブランドも並べるので、個人的にそちらに思いが強くなっている。

それは私がデザインに惚れ込んで、工房に頼み込み、苦労してやっとの思いで日本唯一の販売代理店となれたものだった。フランスの小さな小さな村の、小さな小さな工房で作られていた。その工房が作っている食器は、必ず一部に立体的なバラのモチーフがついている。どれぐらい立体的かって、そこだけ土手のように盛り上がっているのだ。

数年前、アンティークの買いつけでフランスの蚤の市を回っていたとき、偶然その食器との出会いがあった。私は金縛りにあった感覚になり、吸い込まれるように手にとった。一目惚れだった。どれも優しい色あいで、美しく、かわいい。ここにどんな食事を盛ろう。どんな食事の場面になるだろう。このお皿を引き立たせるために料理を作りたい。

私はどうしてもこの美しい芸術品を多くの人に知ってもらいたい、と強く思った。それはアンティークではなく、今でも作られている食器だと知り、直接工房を訪ねて行った。

工房の中心者のジルさんに、日本への輸出は「興味がない。」「家族が食べられるだけの今の収入さえあればいい。」「大量生産はできない。」と何度も何度も突っぱねられても、どうしてもあきらめられなかった。買いつけでヨーロッパに行くときは極力お願いに行き、手紙やメール、オンライン通話でも何度も交渉を重ねてきた（インターネットが不得意なジルさんのため、娘さんや息子さんにまで協力してもらった）。だからとうとう「ミチルには負けた。」とジルさんから言われて、販売許可が出たときは、本当に涙が出た。たとえ数は少なくても、本当に気に入ってくれる人の手元に届けられればいいと思った。こうして日本唯一の販売権利を手にできたのだ。

ブランド名はシェリ《chéri》。愛しいとか最愛のという意味だ。

百貨店の催事会場で、社長が百貨店の方と話しているのが見えた。少人数の小さな会社だから、社長と言っても現場の一員という立ち位置で、あまり堅苦しい関係性ではないのだけれど。

（社長は来る予定じゃなかったけど、初日やから気になっていらしたのかな？）

私はのんきにそんなことを思いながらご挨拶をする。百貨店の方の、おはようございます、今日はよろしくお願い致します、という腰をきちんとした角度に折ったご丁寧なご挨拶とはかわって、社長は考え事をするように、指であごをつかんで、おはよう、と低めのトーンで返してきた。

「買いつけご苦労様。休みなく働かせて悪いね。」

「いえ、社長こそわざわざお越しいただいて。あの……シェリの場所、思ったより端っこなんですね。」

シェリの販売ブースが、聞いていた場所より奥だ。ほとんど目立たない。私は少なからず傷ついた。

「百貨店さんがいい顔しなくなってね。まあしょうがない。松永《まつなが》さんのがんばりでお客さんを呼び込んでよ。」

世話をかけるね、と社長は困ったような顔をして言った。

催事に出られたとはいえ、まだまだ他のメーカーが扱う商品に比べると、シェリは認知度が低く、売上には結びつかないという百貨店側の判断なのか。悲しいけれどこれが現実か。百貨店への来店客層が、アニメをあまり見ないということなんだろう。だったらアニメの力を借りずとも、シェリの良さを草の根で浸透させていくしかない。

実はシェリは、あるアニメの推し活アイテムとして、話題となってきていた。今バズっているアニメに、バラが大事な要素となっているものがあり、映画化や舞台化され、その人気は海外にも大きく広がっている。『アルケー《arche》／世界の始まり』というタイトルのその内容は、ヨーロッパの遺跡から、世界の始まりを解読した方程式が見つかり、その方程式を使って、この世を征服しようとする者と、阻止しようとする者との戦いというストーリー。要所要所にバラが登場する。そして決まり文句は「この世の理だ」。

そのアニメファンの間から、シェリのバラのデザインや色合いがアニメの世界観と似ている、アニメを彷彿とさせる、とじわじわ知られるようになっていった。そして推しのキャラクターを、シェリの食器を背景にして写真を撮ったり、作中の料理を再現してシェリに盛りつけて、ＳＮＳにあげてくれる人達が現れた。

普段ヨーロッパの食器に興味がない人達が、それが推しの世界観と似ているというきっかけでも、生活の一部にとり入れてくれるのはすごくうれしい。知らない誰かが今もどこかで、新たにシェリの魅力に気づいてくれているかもしれないと思うと、わくわくが止まらない。

だけど今日の催事での配置を見ると、認知度はまだまだなんだと思い知らされる。

（よし、一人でも多くシェリを手にとってもらえるように、一週間がんばるか！）

休みらしい休みもなく、一週間は会社ではなくて、催事場への直行直帰だった。アンティークのほうは、ぽつぽつと売れていたけど、シェリは場所も不利

ということもあってかなり厳しい。手にとってくれる人はいても、

「あら、これって今テレビで話題のやつじゃないかしら？」

「そうなんです、ご存じ頂いてうれしいです。すべてハンドメイドでフランスの――」

「ごめんなさいね、また今度よく見せていただくわ。でも素敵ね。」

と、マダム達が去っていく。

ＳＮＳだけじゃなくテレビでもとりあげられたんだ！　うれしい！　けど、なのに、それでも興味を持ってもらえない……。何が原因なんだろう。

その日の夜、幼なじみの藍子からメッセージが届いた。買いつけに行った際のヨーロッパ土産（アンティークの花瓶とお菓子）を送っていたので、届いたという知らせだった。

『みちる、ほんまありがとう！　かわいい♡♡♡花瓶は店で使わせてもらうわ♡なんか大変そうやけど大丈夫？』

絵文字やスタンプでいっぱいのキラキラしたメッセージ。まるで画面から本人が今にも飛び出してきそうな感じだ。藍子は大阪で高級クラブを経営している。〝大変そう〟って、私がほとんど休みなく働きアリみたいになっていることを言ってんのかな。

『いえいえ、藍子様がいなければ、シェリもアルケーファンに認知されてませんから（笑）これくらいは貢ものです。』

そう何を隠そう、アニメ、アルケーのファンにシェリが知られるきっかけとなったのは、藍子なのだ。

「このお皿達、アルケーに出てきそう。」

と言って写真投稿サイトへ商品の写真をあげてくれたのだ。それがファンの目に留まり話題となって、予想していたより若い世代の人達が購入者となってくれている。

藍子とやりとりしながら、なんとなくテレビをつける。私は普段あまりテレビを観ないのだけど、天気予報やニュースをテレビで時々チェックする。ちょうど番組が切り替わる時間帯のようで、ＣＭがいくつも流れる。その中で、急に知った顔が出てきた。

「あ！　里加《りか》ちゃんやん！　律君、律君！」

冷蔵庫の扉を開けっぱなしにして、コーラをペットボトルごしに直接飲んでいる律君を呼ぶ。（彼は何度言っても、冷蔵庫の扉を閉めずに、コップにも注がず飲み物をよく飲む。もう直らないと私も知っているから注意もせず、コーラをお楽しみ中の律君の横に立って、私が冷蔵庫を閉める。）

律君の教え子のひとり、タレントの卵の里加ちゃんが衣料品ＣＭに出ている。日常のいろんなシーンが流れ、「それでも快適、それでも私らしい」とはつらつとした笑顔をこちらに向けている。とうとう流れたんだ、と感慨深くなった。

里加ちゃんは律君がダンスの講師をしている専門学校の卒業生で、芸能事務所には入れているものの、まだまだ仕事は少なかった。そんな彼女に、ある日ＣＭの初出演が決まった。お祝いとして、我が家に食事に招待して、バラ好きの彼女に、シェリのプレートを数枚贈った。

「かわいい！　本当に里加、戴いていいんですか？　こんな高価な贈り物……大事にします！　仕事がとれたことを、こうやって喜んでいただけるなんて、本当に里加、幸せ者です。」

時々、律君の教え子がうちに遊びにくるのだけど、里加ちゃんはその中でも私とウマが合って、訪問数がダントツに高い。

「お前、もうそれをもらったからにはわかってんだろうな。お返しは十倍だからな。」

律君のいつものぶっきらぼうな愛の激励が飛ぶ。

「出た、先生のそういうとこ。里加、ガチの売れっ子になって、みちるさんにきちんと十倍のお礼をしますけど、先生には学校のときに受けた厳しい厳しい指導を、十倍で仕返しさせてもらいますね。」

そのあと、シェリを手にした里加ちゃんと私は写真を撮った。その日の遅くに、私の顔がちゃんと隠された写真が、彼女のＳＮＳにアップされていた。

それからも、催事でのシェリの売上はないに等しいありさまで、試練の日々だった。社長からも、このままではシェリの取り扱いの中止も視野に入れないといけない、とまで言われた。実はこの催事での大コケだけではなく、シェリはオンラインと店舗販売、両方での売上がどんどん落ちているという、結構なピンチを迎えていた。

現実を突きつけられ、私は言葉がすぐに出ない。判断を下すにはまだ早くないですか？　と言いたいところだけど、ビジネスとして社長の言うことはもっともだ。もともと私の目利きなんて全くあてにならないのに、一目惚れしたシェリを推し進めたのは間違いだったんだろうか。いや、シェリは間違いなくいい製品なのだ。土手のごとく盛り上がったモチーフがついているのに、見た目とは反対にすごく軽いし、一点一点ハンドメイドゆえのわずかな違いがぬくもりを感じさせてくれる。ホワイトとピンクの配色という愛らしいものもあれば、グレーを基調とした大人な雰囲気のものにもグッとくる。どれを見ても、胸の奥がときめきでいっぱいになって、楽しい食卓しか想像ができない。実際に里加ちゃんも、かわいいと言っていたじゃないか。

絶対に販売中止になんてしたくない。第一、フランスで今も、高齢の体でシェリを焼いているジルさんや職人さん達になんて言えばいいんだ。こんな早くに、日本では需要がなくて打ち切りです、なんて言えない。頭をよぎる、私がシェリへの愛情を興奮して話したときの、にこやかに聞いてくれたジルさんの皺が深い、優しい顔。そしてどこかで今も、里加ちゃんのようにシェリに心ときめいてくれている知らない誰かの姿……。

その日の夜、会社の商品全体の売上が落ちてきていると知った。これは急いで何か手を打たなきゃいけない。

催事最終日は夕方の5時に会場は閉まるので、そのあとどの会社も撤去にかかる。私は売れ残った商品を抱えて会社に戻ると、社長のもとへ行った。

「松永さんお疲れ様。どうしたの、話って。」

ヨーロッパに一緒に行ったスタッフともう一人が、明日から始まる社内スペースを使った展示会の最終チェックをしていた。買いつけの戦利品のアンティーク食器や、提携している海外ブランドの新作が、見事にディスプレイされている。

「これからプレゼンをさせていただけないでしょうか。シェリの挽回を図る企画です。」

緊張半分、勢い半分で申し出る。社長は面白いことを聞いた、というようなイタズラっぽい顔になってデスクチェアにのけぞった。

「へー。ぜひ聞かせてよ。」

私は早速PCを開いて社長へデータを転送し、共有しながら話せるようにした。

「三週間後の週末、都内でアニメイベントが開催されます。当然、シェリの世界観が似ていると話題のアニメ『アルケー』の、いろんな企画が催されます。

ここでうちもコラボしてはどうでしょうか。イベントは、物販や展示もあるので、アルケーの公式物販ブースにうちの商品も一緒に並べていただければ最高です。厳しければ、同人誌を出すエリアでアルケーを取り扱うところに、置かせてもらえないか交渉してもいいかと思います。思い切って、先着順で無料配布するのも宣伝効果はあるかと。」

社長の目が〝無料配布!?〟と驚いて丸くなったのが見てとれたので、気づいていないふりをして、話を進める。「もうひとつは——」

催事が暇なので、その時間を利用して考えに考えた企画だった。一通り話し終えるまで社長は黙って聞いていた。

「以上なのですが、いかがでしょうか。」

社長はまた右手をあごにあてて、数秒考えていた。そのあと画面のデータを見ていた目線を私へと変えて言った。

「まず、起死回生をしようと、忙しい中でも考えてくれて心から感謝をするよ。ありがとう。とても興味深いプレゼンだね。」

思いもかけなかった労いの言葉に少しほっとするのと、少し気恥ずかしい。

「ただ日が近すぎる。出展者としての応募はまだ間に合うの？　出展できるとして、この準備や宣伝に割ける時間や人は、どう捻出する？」

「はい、提案するからにはある程度の勝算がないといけないと思い、少し手は打ってありまして。主催者に知人がいたものですから、一応連絡をとってみたら、参加してもいいとのお返事で。」

「え？　そうなの？」

「ただ、アルケーの公式ブースで物販をさせてもらえるかどうかは、直接そちらと相談しなければいけません。仮にご一緒できなくても、イベント会場からは、狭いですがスペースを提供していただけるそうなので、そこで物販販売はできます。それと……」

私は必死にプレゼンした。これが大きな動きとなるとは、まったく思わずに。

「律君、アニメイベントへの参加、社長のGOサイン出た！」

律君の帰りをうずうずして待っていた私は、仕事から帰宅した彼に興奮して伝えた。

「おー、よかったね。」

「主催者に出展ＯＫをとりつけられてたおかげや。律君様様です。」

「そしたら正式に電話入れとくから、あとはみちるの会社でやってね。」

そう言って早速イベントの主催者の一人に電話をかけてくれる。社長に、主催者が知り合いだと言ったけれど、私が知り合いなのではない。律君なのだ。私が売上挽回の方法を探っている中で、アニメイベントに絡むことができたらとぶつぶつ言っていたら、昔、ダンスのイベントを一緒にやった人が、今回主催の会社に勤めていると思い出し、律君が連絡をとってくれたのだ。こんな奇跡、もう成功の予感しかしない。

さすがにアルケーの制作会社にツテはないそうだけど、イベント出展が決まった今、アルケー公式ブースでシェリをコラボ企画として置いてもらえないかと、明日交渉の電話をしてみる。

イベント出展が決まった――まだこれだけのことなのに、私の中で大きく開けた気がしていた。

「富士山のように、黙って自分を動かないものに作り上げろ。」と言ったのは、確か吉川英治だ。だけど今日の私の心は大荒れだ。昨日は社長にプレゼンを認められ、律君のコネでイベント出展も決まって希望を感じていたのに、今は熱いマグマが溢れ返ったような怒りを感じている。それと同時にひどい悲しみと孤独が同居している。

今日は展示会初日だった。社員全員で、取引先などに新しく買いつけてきた商品のお披露目や、新作の紹介などをしていた。あさってまでの三日間行われる。シェリが失敗している今、私の買いつけたアンティークが受け入れられるかどうか、少し不安ではあったけど好評で安心した。これで気持ちに拍車がかかり、少し接待に手があきそうなタイミングで、アルケーの制作会社に連絡をとってみた。

結果はけんもほろろ。そんなうまくいくわけがないか、と少し落胆したけれど、それよりも衝撃の事実を知ってしまった。

「お宅、今相当タイミングが悪いですよ。申し訳ないですが今このときにお宅と何か一緒にやろうって、ちょっと厳しいですね。いや、お気の毒だとは思いますよ、でもあの人にかかっちゃったんじゃあ、不運としか言いようがないですね。」

話が見えず、聞き返すと、

「しらばっくれないでくださいよ。田辺《たなべ》って評論家にこてんぱんに叩かれてるじゃありませんか。その商品をまともにぶつけてくるなんて、いや、度胸と勇気は買いますがね、うちに飛び火で損はあっても、得することはないでしょう。」

頭を思いきり殴られたような衝撃だ。何を言っているんだろう。電話を切り、すぐにネットで調べてみると、田辺浩《ひろし》という有名評論家が、ワイドショーでシェリを痛烈に批判している動画がたくさん出てきたではないか。

「はやりのアニメに乗っかって商売を成功させようなんて、まるでハイエナだね。」

「何？　この、邪魔な大きさのバラは。」

「バラのついてる食器なんて、世の中掃いて捨てるほどあるのに、なんでこれだけが売れるわけ？　どうせ裏でつながりがあるんでしょ。最初っから計算ずくなんじゃないの。」

腸《はらわた》が煮えくり返るというのは、まさにこのことだ。怒りで呼吸が荒い。この評論家は今、飛ぶ鳥を落とす勢いでテレビやネット配信番組に引っぱりだこ、この人物の一言で株も左右されると言われるほど、影響力が大きいらしい。私からしたら、いつも何かの文句を声高に叫んでいるだけなんだけど。

これやったんや。この男のせいでシェリの売上が急速に落ちてしまったんや。百貨店の客層に合わなかったんやない。叩かれている商品を買う気にならへんかっただけや。催事場所が奥へやられたのも、藍子が大変そうと言ったのも、全部理解できた。

一番古い動画は、私が買いつけに出発した翌日の日付だった。批判が始まってもう三週間もたっているじゃないか。なのにこれまで何にも知らなかった。

社長も同僚達も、律君でさえ教えてくれなかった。

（私ひとり、蚊帳の外か。）

だけど社長や同僚に問いつめることはできない。そんなことをしたら、自分の無知をさらけ出すだけだ。まさか知らないなんて誰も思っていないんだろう。涙がどくどくと溢れてくる。そんなところへ、同僚がやってきた。一緒に買いつけに行っていた人だ。彼女はいつこの状況を知ったんだろう。まさか私みたいに知らないはずはないだろう。

「どうしたの、松永ちゃん！」

滝のような涙を流している私を見て、当然彼女は驚く。何か話そうにも、ひっくひっくと引きつけみたいなことが起きて話せない。

「あ、制作会社に断られちゃったの？」

彼女は優しくハグをしてくれ、

「悔しいね。」

と言ってくれた。

時間になると、私は一目散に退社した。悔しさと、日々に忙殺されて情報をキャッチできていなかった、自分のアホさへの激しい落ち込みで、どうしていいかわからない。教えてくれなかった律君さえ、今じゃ敵のように思える。

（あかん、また泣きそや。）

私はひとまず帰宅した。まだ律君は帰る時間じゃないのでよかったと思い、すがるような思いで藍子に電話をした。

「もしもしー。」

藍子の声を聞いた瞬間、泣き崩れてしまった。

「え、みちる!?　どないしたん、大丈夫!?」

泣きじゃくって、話し終えるのに数分かかった。藍子は、

「三週間も知らん期間があってよかったやん。それだけ嫌な思いをしやんでおれたんやから、ハッピーやったんや！」

と、究極の慰めを言ってくれた。

「律君もきっと、優しさで教えてなかったんやと思うけど。ケンカしたらあかんで。」

「なんで教えてくれへんかったんよ！」

藍子にケンカするなと言われた数時間後、仕事帰りの律君に私は結局ケンカを吹っかけるような言い方をしてしまった。

「日本に帰ってきたとき、教えてくれてもよかったやん。私がどれだけシェリを大切にしてるか、一番知ってくれてるはずやろ。」

帰宅早々、夕飯も食べる前から、急にどやされ突っかかられているのに、律君は、

「知ったんだね。」

と落ち着いて言った。困ったような悲しい顔をして。

「おいで。」と大泣きしている私を抱きしめて、「言えなかった。」と言う。

「無責任に簡単に人を叩いて苦しめる奴のことなんか、いちいち構う必要はな

い。ほっときゃいいんだよ。そういう奴は低俗なんだから。耳に入れる必要はない。それは叩かれている企業が戦えばいい話であって、俺はみちるの家族だから。家族を嫌な気持ちにさせる話なんて、言うわけないじゃん。」

　優しい声。ああ、そうだった。この人はそういう人だった。無骨に見えるけど、悲しいくらいに優しさと愛情に溢れていて、いつだって私を最優先してくれる。そして枝葉のことなんか気にしない、物事の本質も見極められる人だ。本当はどことなくわかっていた。なのに一瞬でも律君を敵と思ったことを激しく後悔した。律君を悪く言うと、隆星に叱られるな。

「ごめんなさい……。」

「売上、ダメージくらってんの？」

「アニメイベントも失敗したら、もうシェリは取り扱い中止になる。」

「そうなんだ。」

　ティッシュを手にとり、私は鼻をかみながら、

「もしそうなったら、あのクソ評論家、地獄送りだな。」

と言う、ドスのきいた律君の声を聞いていた。

それからは気持ちを強く持って、通常業務と並行して必死にイベントの準備にあたった。イベント後のシェリの行く末がどうなるかは考えないようにして、目の前のことに全力で集中した。

そんな中、大きな兆しが現れた。イベント一週間ほど前からオンラインでのシェリの売れ行きが上がってきたのだ。理由は思いもかけないところからで、里加ちゃんがＣＭから人気に火がつき、以前ＳＮＳにあげてくれたシェリの写真も人の目につくことが多くなったからだった。

『お役に立ててるならうれしいです♪』と、今では時の人となっている里加ちゃんからのメッセージを見ながら、イベント効果による更なるシェリの好感度巻き返しを願う。

それから二か月後。

シェリの売れゆきは回復どころか、あっという間に騒動前の売上を超えて、次回の入荷待ち商品まで出るようになっていた。

ジルさんとの契約時、生産量を上げることはできないため、どれだけ売れても輸出量を増やさないという話になっているため、決まったタイミングで決まった量しか入荷させられない。それがプレミア感を出して、『あるものはある内に手に入れないと。』という現象にもなっているようだ。

アニメイベントは大成功した。里加ちゃん効果でシェリが上向きになってきたことに気をよくした社長が、アルケーの同人誌を扱うところでシェリのカトラリーを先着順で無料配布したり、物販スペースでは、アルケーの作中に出てくるようなテーブルも用意して、同じく作中に出てくるような料理の食品サンプルをシェリに盛りつけ、コスプレイヤー達に、よりリアルな世界観の撮影を楽しんでもらった（泣いてる私をなぐさめてくれたスタッフが器用で、なんと粘土で作中の料理をハンドメイドしてくれたのだ）。

そしてビッグサプライズは起きた。

ちょうどアルケーのヒロインのコスプレをしている人に、撮影していきませんかと呼び込んでいたとき、里加ちゃんその人が現れたのだ。

「みちるさーん！　いたいたーやっほー。」

いつもの調子で私に近寄ってきた彼女を見て、同僚達が驚く。

「どうしたん里加ちゃん!?　お仕事？」

「いえいえ、みちるさんのお手伝いに来たんですよ。このあと仕事が入ってるんで、ちょっとしかいられないんですけど。」

「え、手伝いって……。」

「前に言いましたよね？　売れっ子になって、十倍のお返しするって。今日のお手伝いごときじゃ、十倍にならないですけど……。」

瞬間的に、律君が今日のことを彼女に連絡してくれたに違いないと思った。

「いやいやいやいや、十倍どころか、百倍以上なんですけど。しかもギャラなんて出されへんよ？」

「何をおっしゃる。前払いで戴いていますよ。ごちそうになったみちるさんの手料理と、シェリのかわいいお皿！」

そう言って里加ちゃんは、どんどん撮影の呼び込みをしてくれ、彼女に気づいた人達で一気にごった返した。気さくにその人達とも写真を撮ってあげたり、「シェリをよろしくぅ。」と、しっかり宣伝をしてくれた。そして三十分ほどで、「みちるさん、本当に短時間でごめんなさい。先生にもよろしくです。」

と言って嵐のように去って行った。初々しいけど煌びやかな芸能人の空気はまだ残っていて、〝里加が宣伝した商品〟に人が集まっていた。

「松永ちゃん、あの子と知り合いなの？」驚いて、若干引いてしまっている同僚達に、

「ほらほら、ぼーっとしてないで、物販にお客様が並んでいるから仕事してください。」

と言わなければいけなかった。

里加ちゃんの登場で、用意してきたシェリは見事に完売し、イベントは予想をはるかに超えた大成功となった。

サプライズはこれだけでは終わらなかった。

例の評論家の田辺氏による、ワイドショーでのシェリの批判は相変わらず続いていた。

「そもそもお安い値段じゃないよね。アニメを観ているような人種が買える金額じゃないんじゃない。」

「フランス製ってだけで、何かいいものだと勘違いしてんじゃないの。」

もはや作り手と購入者への侮辱だ。ジルさん達、職人の前で同じことが言えるのか。シェリにお金を払ってくれた人の前で同じことが言えるのか、と憤慨したのだけど、このあたりの発言から、評論家自身へ批判が集まるようになったのだ。主にアニメファンと若い年齢層からの逆風が吹き始め、田辺氏の出演している番組の裏の情報番組では、彼の発言を問題視するとした取り扱いがされるようになった。そしてある日藍子からは、不思議なメッセージが来て、

『明日のアイツが出てるワイドショー、楽しみにしといて♡』

とあった。

翌日、テレビをつけている定食屋に、昼休憩で行ってみた。テレビに映るだらしない評論家の顔。いつだって次に標的にするものを狙っているような、いやらしい顔だ。だけど今日はすごく大人しく、全然発言をしない。司会者も彼に話を振らない。批判され始めているとは言え、簡単にしおらしくなるような人間ではないはず。気になって藍子に電話をしてみた。

「降板するかと思ってたのに、まだ出演しとるやんアイツ。でもしゃべらせてもらえんで、黙っとったな。」

藍子も番組を観ていた。降板って？　と問いかけると、幼なじみはとんでもないことをしてくれていた。

私が泣きじゃくって電話をしたあと、藍子は自分のお店の常連さんが、田辺氏が出ている番組で、スポンサーをしている会社の取締役だと気づく。

「だから野間口《のまぐ》っさんにチラッと言ってみてん。ほんだら野間口っさんのお孫ちゃんがアルケーファンらしくって、野間口っさん、アルケーの映画とか脱出ゲームとか連れて行ってあげてるらしいねん。だからそのファンを侮辱するようなあの男にめっちゃ腹立ったみたいで、どうもテレビ局に、このままあの男を出演させるなら、あの番組のスポンサーをやめるって言ったんやって。ウケるやろ。」

ウケるやろ、って。これは池井戸作品の話か何かなのか？　頭が追いつかない……。

「あたしができることはこれぐらいしかないけど、みちる、いつでもなんかあったら帰ってきいや。今の仕事が辛かったら、辞めてうちの店で働いてくれたらええんやから。あ、律君が許してくれへんか。あははははは。」

詳細はわからないけど、きっと降板させるまではさすがにできず、その代わり発言を控えさせるようにしたんだろう。どうしよう、感動で全身が震える。私のために、ここまでしてくれたなんて。藍子に何かあったときは、私が一番の力に絶対なる。藍子は最後に、アルケーの決め台詞である「これがこの世の理だ！」と言って、電話を切った。

そんないろいろで、シェリも会社も汚名返上ができ、今は順調にV字回復をしている。それどころか、アルケーの新作映画での使用の話までできているのだ。私としては、一気に大きな人気とならず、シェリに魅力を感じて、長く愛用してくれる人がじわじわ増えるほうが本当はうれしいんだけど。それはワガママな悩みだ。

落ち着いた頃、イベントの成功や売上回復なんかのお祝いに、律君とちょっといいお店へディナーと出かけた。律君がいなければ、アニメイベントに参加することはできなかったし、精神的にも絶対乗り越えられなかった。

「そういえばあの評論家、フランス人の愛人に捨てられた噂があんの知ってる？」

ビールをがぶがぶ飲みながら、律君が言う。

「え、なにそれ、そうなん？　もしやその腹いせに、フランスのシェリを攻撃してた？」

「あとはアニメ評論家が集まる仕事に〝出てやってもいい〟って態度をとったら、断られたって話もある。態度が偉そうってのもあるだろうし、そもそもアニメに詳しいわけじゃない奴を呼ぶわけねえのに。ま、どっちにしろ攻撃されたのは、それだけシェリには将来性があったんだよ。妬みだ妬み。」

それらが理由だとしたら、八つ当たりもいいところだ。妬み、か。

一度社長に、評論家へ会社として抗議しないのかと尋ねたことがあった。その返答は、

「ああいう影響力のある人はね、こちらがどう言ったって、表現の自由だとか、ある意味タダで宣伝してやってるんだとか言うんだよ。下手したら、抗議しても〝こんなふうに攻撃された〟なんて言われかねないでしょ。相手を助長しかねない。それに対抗していけるほど体力ある会社じゃないよ、残念だけどね。」

だった。大きな力の前には、泣き寝入りするしかないことが多いだろう。それがただの弱い者いじめで、自分勝手な確固とした理由がないものだったとしても。その本質は確かに妬みなのかもしれない。

「却っていろんなところから批判もされ始めて、自分の首を絞めることになってる、ざまぁねえな。これこそ――」

律君の言いたいことがわかったから、最後は私も口をそろえて言った。

「この世の理だ！」

著者プロフィール

寿果（じゅか）

創価大学卒業。
音楽、エンターテイメント、夫をこよなく愛する。
本作が小説デビュー作。

満ちる日々

2025年2月15日　初版第1刷発行

著　者　寿果
発行者　瓜谷 綱延
発行所　株式会社文芸社
〒160-0022　東京都新宿区新宿1－10－1
電話　03-5369-3060（代表）
03-5369-2299（販売）

印　刷　株式会社文芸社
製本所　株式会社MOTOMURA

ISBN978-4-286-26189-8